LA CLEF

DES COEURS

LILLE. — L. LEFORT

ÉDITEUR.

LA CLEF DES CŒURS

Bonne maman, vous voici chez vous.

CLEF DES CŒURS

Par l'auteur du *Legs d'une mère.*

Deuxième édition.

Il n'y a que les grands cœurs
qui savent combien il y a de
gloire à être bon.　FÉNELON.

LILLE

L. LEFORT, IMPRIMEUR – LIBRAIRE

MDCCCLXI

Tous droits réservés.

LA CLEF DES CŒURS

I

Le tuteur.

Aux bords de l'Authie, petite rivière qui sépare l'Artois de la Picardie, et qui roule vers la mer ses eaux écumantes et limpides, s'élevait, depuis les temps les plus reculés, une tour qui probablement, durant les longues guerres du moyen âge, avait été un poste redoutable et vivement disputé. De vagues souvenirs se rattachaient à

cette ruine : on disait qu'elle avait été habitée
par de vaillants chevaliers et par de nobles dames :
on montrait dans l'église du village les pierres
sépulcrales de quelques-uns de ces châtelains ;
mais le temps et l'humidité avaient rongé les
noms, les titres et les blasons qui décoraient ces
tombeaux. On disait aussi que ces seigneurs, se
dégoûtant peu à peu du sombre manoir de leurs
ancêtres, avaient fait bâtir sur une colline le
château qu'on y voyait encore et qui, malgré
deux siècles écoulés, s'appelait, comme autrefois,
le Château-Neuf. Alors, la vieille tour, contem-
poraine de saint Louis, avait vu tomber ses cré-
neaux et la tourelle élancée qui sortait du toit
comme une flèche ; ses fossés étaient comblés de
pierres et de terre végétale où poussaient des
ronces ; et si sa grande porte, bardée en fer, n'eût
pas tenu bon, l'intérieur de la tour abandonnée
aurait été dévasté par les enfants joueurs ou par
les bandes de faux sauniers et de contrebandiers qui
couraient le pays pendant la nuit. Cependant la
révolution française était arrivée : le possesseur du
Château-Neuf, le descendant des bons chevaliers,

avait émigré, et était mort sur la terre étrangère; sa femme, traînée dans les prisons d'Arras,
était morte sur l'échafaud; et de cette race de
preux il ne restait qu'une jeune fille, seul appui
de son aïeule septuagénaire, appui faible et chance-
lant, et dénué de tous les biens de la terre; car le
Château-Neuf, les bois, les prés, les champs qui
l'environnaient, avaient été confisqués au profit
de la nation. La tour de Dourier avait seule
échappé à cette confiscation; et lorsque des temps
plus paisibles se levèrent sur la France, Lucie de
Dommartin quitta l'asile qu'elle avait trouvé chez
de pauvres paysans obligés de sa famille, et elle
vint avec son aïeule se réfugier dans la tour déserte
où ses ancêtres avaient vécu des jours si paisibles
et si heureux.

La tour se composait, au rez-de-chaussée, de
deux salles éclairées par des meurtrières et qui
avaient servi jadis de salle d'armes et de cuisine.
Les hardis soudoyers, les rudes hommes d'armes
s'étaient assis sur ces bancs de pierre, sous le
manteau de ces vastes cheminées; des piques, des
mousquets rouillés étaient encore suspendus aux

murailles ; et si ces voûtes noircies avaient pu
prendre une voix, elles auraient parlé des anciens
barons et de leurs guerres sanglantes, elles auraient
raconté quelque tragique histoire des Pastoureaux
ou des Jacques, elles auraient évoqué les souvenirs
de combats de ces hommes qui avaient vécu là,
et qui dormaient depuis longtemps dans la poudre
des cimetières ou dans les sillons de quelque
champ de bataille. On montait au premier étage
par un étroit escalier de pierre, qui menait à
quatre chambres décorées de cuirs dorés ternis
ou de tapisseries poudreuses ; les fenêtres, étroites
et hautes, ouvraient sur la vallée de l'Authie.
Quelques meubles grossiers, un lit, une table,
des chaises dépareillées, formaient l'indigent mo-
bilier de l'appartement féodal. Dans la profonde
embrasure de l'une des fenêtres, on voyait cependant un fauteuil garni d'assez bons coussins, et à
côté un métier à broder. Sur la cheminée de cette
pièce, qui servait de chambre à coucher à Mme de
Dommartin, s'élevait un crucifix d'ivoire, unique
débris d'une opulence évanouie, précieuse relique
que la vieille dame avait emportée en fuyant le

château de ses pères : il s'élevait comme un signe de pardon, comme un phare d'espérance au milieu de cette pauvreté et de ce délaissement où végétaient deux pauvres femmes, courbées sous le faix d'un grand nom.

Une autre chambre, plus pauvre encore, était occupée par Lucie ; un cabinet servait de cuisine, et une grande pièce voûtée, plus délabrée que les autres, s'appelait le salon. Lucie de Dommartin s'y trouvait en ce moment ; elle était assise à côté d'un vieillard, qu'elle écoutait pensive et avec une attention mélancolique.

« Mon enfant, lui disait-il, daignez me croire, il n'est pas d'autre issue pour sortir d'une position intolérable à votre âge et avec vos souvenirs. Je vous parle comme je parlerais à ma fille, et avec l'autorité de l'amitié et des droits que votre père m'a laissés sur vous.

— Je le sais, répondit-elle à voix basse, et je rends bien justice à vos intentions.

— Voyez votre position telle qu'elle est : vous êtes orpheline, sans autre bien que cette tour prête à tomber en ruine, sans autre famille que

votre respectable aïeule, dont les infirmités ré-
clament votre appui, et qui demande des soins,
un bien-être que vous ne pouvez lui donner. Moi,
votre tuteur, votre vieil ami, je suis obligé de
m'éloigner, et, pour longtemps; les intérêts les
plus graves m'appellent à Saint-Domingue. Vous
serez donc seule et abandonnée au milieu d'une
société qui se reconstitue à peine, sans fortune,
sans protecteur, et portant un nom qui attirera
sur vous l'attention publique. Un mariage s'offre
pour vous, non pas tel que vous l'eussiez rêvé
peut-être, non pas tel que vous eussiez pu l'exiger
autrefois, mais honnête, et vous assurant une large
aisance à laquelle participera Mme de Dommartin.
Etienne Herblay est le fils d'un négociant en-
richi, mais qui ne doit sa fortune qu'à son travail;
lui-même, quoique bien jeune, porte l'épée, est
déjà capitaine, et s'est distingué à l'armée d'Italie;
il offre, de concert avec son père, de vous reconnaître en dot le Château-Neuf, qu'ils achèteront
si vous consentez au mariage; votre aïeule ne vous
quittera jamais, et vous pourrez continuer à lui
prodiguer ces tendres soins auxquels elle doit la

prolongation de sa vie. Voilà le beau côté de cette union. Voici le revers de la médaille : vous devrez vivre avec votre belle-mère, votre beau-père et votre belle-sœur, gens estimables, mais qui n'ont ni votre éducation ni vos sentiments; vous verrez peu votre mari, que ses occupations militaires retiendront presque toujours loin de vous; vous échangerez un beau nom contre un nom obscur.... »

Un geste de la jeune fille l'interrompit.

« Ce n'est pas mon nom que je regrette, dit-elle, quoiqu'il me soit cher, puisqu'il me vient d'un grand nombre d'aïeux bons et vertueux. Mais j'appréhende ce mariage, je l'avoue; il va me donner à une famille que je ne connais pas, qui peut-être me verra avec peine; il va me lier à un homme que je n'ai jamais vu; il me fait accepter une lourde obligation, celle de la fortune que je devrai à des étrangers... Ah! sans ma pauvre grand'mère !

— *Eh bien! que feriez-vous?* dit le tuteur en souriant avec bonté.

— Je travaillerais, je ferais ce que font tant

d'autres jeunes filles ; je serais institutrice, ouvrière même, que sais-je ?

— Mon enfant, ne vous laissez pas aller à des chimères, répondit son tuteur ; vous avez un devoir à remplir, Dieu vous en facilite les moyens en vous rendant la fortune à laquelle votre grand'mère est accoutumée ; suivez la route qui s'ouvre devant vous ; acceptez ce mariage ; entrez dans cette famille qui désire allier son or à un beau blason, et devenez l'ange gardien de ceux qui vous rendent votre place dans la société. Vous paierez, mon cœur me le dit, le bienfait de la fortune par d'autres bienfaits inestimables. Voyons, consentez-vous ?

— Je veux, avant de vous donner une décision, consulter notre bon curé... accordez-moi deux jours encore... Mais ma grand'mère m'appelle, j'y cours ; adieu, mon bon tuteur ! »

II

Le mariage.

Un mois s'était écoulé. Le Château-Neuf, si longtemps abandonné, avait repris un air de vie et de joie : les allées du parc avaient été soigneusement ratissées ; des fleurs garnissaient les plates-bandes ; le jet d'eau, remis en bon état, laissait retomber sa gerbe d'eau, qui, sous les rayons du soleil, semblait diaprée de lumineuses étincelles ; les fenêtres du château étaient ouvertes, et dans un grand salon, meublé à la dernière mode, une nombreuse assemblée se trouvait réunie. Lucie de Dommartin, en toilette de mariée, attirait tous les regards ; elle était assise entre sa grand'mère et son tuteur. La première, accablée sous le far-

deau des années, ne se rendait pas un compte
exact de la cérémonie à laquelle elle assistait,
mais elle fixait sur sa fille des yeux inquiets et
la tenait par la main avec une tendresse alarmée.
La famille Herblay, très-nombreuse, formait, à
elle seule, le reste de la réunion. M. Herblay
le père se promenait d'un air satisfait, tantôt
adressant quelques mots affectueux à sa bru future,
tantôt causant avec le notaire, serrant la main à
un parent, saluant une cousine, et portant sur sa
physionomie, dans ses paroles, dans ses gestes,
l'empreinte de la joie. Il était arrivé, en effet,
au but de tous ses vœux : riche, il avait désiré
s'allier à un beau nom, à une noble famille, et il
trouvait dans Lucie de Dommartin tout ce qu'il
avait souhaité. Madame Herblay et sa fille Alphonsine, assises non loin de Lucie, et brillantes
de l'éclat de la toilette, parlaient peu à la jeune
et timide fiancée, mais, en revanche, la regar-
daient beaucoup et d'un air qui n'était pas préci-
sément bienveillant. Ce projet de mariage, qui
souriait tant à leur mari et à leur père, ne leur
plaisait guère; elles craignaient de se voir éclipsées

par une belle-fille, une belle-sœur qui aurait sur elles l'avantage de la naissance et de l'éducation ; elles se sentaient envers Lucie un double sentiment d'envie et de dénigrement; elles enviaient son nom, ses manières nobles et dignes, sa calme attitude, et elles la méprisaient de ce qu'elle n'était ni belle ni riche. Lucie sentait peser sur elle ces regards malveillants, et elle en souffrait, mais la pensée qu'elle remplissait un devoir relevait son âme et lui donnait du courage.

Un seul personnage manquait à la réunion : c'était Etienne Herblay, l'époux futur de Lucie. Retenu à Paris, auprès du général dont il était l'aide de camp, il ne pouvait arriver qu'au moment de la signature du contrat qui devait précéder immédiatement la cérémonie, et il se verrait forcé de repartir deux jours après pour l'armée. Il se mariait de confiance, soumis aux désirs de son père, et content de son sort, puisqu'il savait qu'il épousait une fille bien née et malheureuse, à laquelle il assurerait une existence de repos, si ce n'est de bonheur.

Le claquement des fouets et les acclamations des

paysans groupés dans la cour du château annon-
cèrent l'arrivée du voyageur. Un instant après,
Etienne Herblay, en grand uniforme, entra dans
le salon. Son père l'embrassa avec tendresse, le
prit par la main et le conduisit à Lucie. Celle-ci
se leva ; debout et tremblante, elle ne put répondre que par des paroles entrecoupées au com-
pliment de son futur mari et aux paroles affec-
tueuses de son beau-père. L'heure s'avançait, le
notaire réclamait du silence pour la lecture du
contrat, et après l'avoir entendu et signé, les époux
et leur famille se rendirent à la mairie, et de
là, à l'église. Pauvre église dévastée ! la révolution, qui proclamait si haut *Paix aux chaumières !*
aurait bien dû laisser la paix à ce temple indigent
qui rappelait la crèche de Bethléhem ou l'humble
maison de Nazareth ; mais sa pauvreté évangélique
n'avait pu la défendre de la rage des spoliateurs.
Lucie entra avec un sentiment de pieux respect
dans le lieu saint, à peine relevé de ses ruines ;
elle s'agenouilla, pleine d'émotion, devant l'autel
paré de fleurs, et là, en engageant sa foi, elle
engagea tout son cœur à ses nouveaux devoirs.

Elle se dit en elle-même : « Je serai soumise à l'époux que Dieu me donne, je serai bonne pour cette famille nouvelle qui me reçoit.... Oui, je les aimerai tous, et je les forcerai à m'aimer. Mon Dieu! faites que je sois une bénédiction pour eux, non par moi-même, qui ne suis rien, mais par vous, qui vivrez en moi, qui agirez avec moi! »

Au sortir de l'église, elle s'appuya avec une timide confiance sur le bras de son mari; elle reçut les compliments qu'on s'empressait à lui faire, avec une douceur mêlée de cordialité qui enchantait son beau-père, mais qui ne désarma ni Mme Herblay ni Alphonsine. Arrivée au château, elle s'occupa aussitôt de Mme de Dommartin, qui, infirme et privée de ses facultés, ne comprenait rien à ce qui se passait, et après l'avoir rassurée par ses soins et par ses caresses, elle rejoignit son mari et se prêta aux plaisirs de la journée. M. Herblay n'avait rien négligé pour que la fête fût somptueuse. Lucie aurait préféré le calme; elle sentait dans le fond de son âme un vide et une tristesse extrême, mais elle n'en laissa rien paraître, et tous les convives avouèrent que la profonde modestie de la jeune femme n'ôtait rien à sa grâce et à son amabilité.

Deux jours se passèrent dans le tourbillon d'une situation si nouvelle. Le troisième jour, Etienne Herblay fit ses adieux à sa femme et à sa famille, et il dit à la première....

« Si je meurs sur le champ de bataille, vous ne me regretterez pas beaucoup ; si je vis, j'espère que nous nous connaîtrons mieux et que nous pourrons être heureux ensemble. En attendant, vous êtes dame et maîtresse ici ; ma fortune est la vôtre, disposez-en ; je ne désire qu'une chose, c'est que vous soyez satisfaite. »

Ces paroles, dites avec une franchise militaire, touchèrent Lucie, et ce fut du fond du cœur qu'elle éleva des vœux au ciel pour le salut et la conservation de son mari. Monté à cheval, il la salua encore de la main, et disparut, pendant que sa femme et son père le suivaient des yeux et du cœur.

Lucie devait habiter le Château-Neuf avec sa grand'mère et sa nouvelle famille. Elle possédrait la jouissance d'une forte rente, assignée en dot à son mari ; et, sous le rapport matériel, sa vie, si longtemps éprouvée, allait devenir paisible et facile. Son premier soin, sa plus grande préoccupation fut Mme de Dommartin ; elle chercha aussitôt à l'entourer de tout le bien-être nécessaire à sa vieillesse, à ses infirmités et à ses habitudes d'autrefois. L'appartement qu'elle avait occupé jadis fut remis en bon ordre. Lucie chercha à racheter les meubles, les tableaux qui décoraient ce petit salon, cette vaste chambre à coucher, et que le pillage ou les ventes à la criée avaient fait passer sous d'autres toits. Elle retrouva les rideaux de lampas vert, les fauteuils de tapisserie, les vieux portraits, quelques meubles de bois de rose, une pendule de marbre blanc et de cuivre ; et elle parvint, à force de soins, à rendre à cet appartement son ancien aspect. Elle comptait, sans se l'avouer peut-être, sur l'effet que cette émotion inattendue produirait sur l'esprit et sur les organes affaiblis de sa pauvre mère, car Lucie eût été si heureuse de trouver auprès d'elle un cœur aimant et comprenant le sien ! L'état de sa grand'mère, cette stupeur où elle vivait plongée,

l'affligeait sensiblement. Lorsque tout fut préparé ,
elle la conduisit doucement à la chambre à coucher, et lui dit en l'embrassant :

« Bonne maman, vous voici chez vous ! »

Mme de Dommartin jeta autour d'elle des regards
surpris , qui s'attachèrent surtout aux vieux portraits , amis depuis longtemps connus; elle voulut
bégayer quelques mots , et se prit à pleurer. Puis ,
faisant un effort, et désignant le portrait du père
de Lucie :

« Voilà son portrait, dit-elle ; mais lui , où est-
il, mon enfant? dis-lui qu'il revienne , et alors
tout sera comme auparavant.... S'il tarde longtemps , il ne me verra plus.... »

Lucie entendit ces paroles en fondant en larmes;
elle essaya en vain de réveiller les souvenirs de
son aïeule : dans cette âme brisée, la tendresse
avait survécu à l'intelligence et à la mémoire; elle
savait qu'elle avait aimé , mais elle avait oublié
tout le reste. Lucie le comprit, et se sentit plus
seule que jamais.

III

Vie de famille.

Elle était seule en effet. Son tuteur était parti ; quelques lettres lointaines lui rappelaient l'existence de son mari, et elle vivait au sein d'une famille étrangère, où elle ne trouvait que de la froideur et parfois même une secrète hostilité. M. Herblay, son beau-père, était bon pour elle et lui témoignait de l'affection et des égards ; mais elle le voyait peu, car il s'occupait activement de l'exploitation des vastes terres qui environnaient le Château-Neuf, et quelque affection qu'il montrât à sa belle-fille, il y avait des points secrets par où leurs cœurs ne se touchaient pas, et ces discordances causaient à Lucie une peine profonde.

Enfant du dix-huitième siècle, M. Herblay avait perdu, durant les orageuses années de la révolution, le peu de foi qui vivait en son âme, et Lucie souffrait de l'entendre répéter contre la religion et ses ministres d'affreux blasphèmes et d'odieuses calomnies. Plusieurs fois elle voulut lui répondre et lui présenter avec douceur les arguments que lui fournissaient la foi et la raison, mais elle fut réduite au silence par l'aigreur et les duretés de sa belle-mère et les ricanements dédaigneux d'Alphonsine. Elle résolut de se taire, de prier beaucoup, et d'appeler à son aide, par la prière et l'esprit de sacrifice, Celui qui sait, d'un rayon de sa grâce, toucher et transformer les cœurs.

Plus que jamais, d'ailleurs, elle sentait le besoin de la prière; plus que jamais elle aimait à se réfugier sous les voûtes dévastées de la vieille église, à se prosterner au pied de ce tabernacle indigent, où Jésus demeure avec nous jusqu'à la consommation des siècles. Là elle épanchait son cœur; là son âme, tristement fermée, pouvait s'ouvrir; et elle disait à Dieu combien elle se sentait

solitaire, et triste, combien elle aurait voulu être
aimée, combien elle souffrait de ne l'être pas. En
effet, chaque jour, la sourde animosité de sa belle-
mère et d'Alphonsine éclatait avec moins de ména-
gement : tantôt on querellait Lucie sur les soins
trop prolongés qu'elle rendait à sa grand'mère, et
on parlait de l'état mental de cette femme respectable en des termes qui faisaient monter la rougeur
de l'indignation au front de sa fille ; tantôt on rail-
lait la piété de Lucie, ses prières, son goût pour
les lectures solides, et son amour des bonnes œu-
vres : une critique amère la poursuivait dans tous
les détails de l'administration domestique, et trop
souvent une parole acerbe venait lui rappeler
qu'elle était pauvre et qu'elle devait à la générosité
de M. Herblay cette fortune dont elle disposait. La
fierté de la jeune femme se révoltait contre ces
injustices ; les réponses piquantes se pressaient dans
son esprit, mais la piété et la raison venaient
mettre un sceau sur ses lèvres. Hormis quelques
rares circonstances, elle se taisait toujours, et toujours aussi sa belle-mère et sa belle-sœur la trou-
vaient douce et prévenante comme de coutume.

Mais sa grâce et sa patience ne les désarmaient pas, et dans la vie commune, les rencontres et les chocs sont choses fréquentes, à moins qu'une main délicate et prudente ne vienne les prévenir.

Un dimanche, en sortant seule de l'église, Lucie remarqua avec douleur que le saint jour n'avait interrompu aucun des travaux des champs, même les moins nécessaires. Des femmes sarclaient leur jardin potager; des hommes émondaient la vigne, d'autres creusaient des fossés; quelques jeunes filles filaient ou tricotaient, en gardant leurs vaches à l'ombre des haies; tout disait enfin combien, depuis longtemps, Dieu et sa loi étaient étrangers à ce pauvre peuple. Lucie se souvint de son enfance, de ces doux et beaux dimanches passés dans le repos, dans la joie, dans la prière; elle crut voir encore les villageois, en beaux habits, rassemblés à l'église, chantant les psaumes et les hymnes qu'ils connaissaient si bien et que leurs pères avaient chantés; elle se souvint de ces familles paisibles, assises à la porte des chaumières et goûtant, dans toute sa plénitude, la paix du Seigneur; savourant, sans souci du lendemain, un jour de repos après six jours de labeur, et, en jetant les yeux autour d'elle, en voyant ces hommes et ces femmes, en vêtements de travail, haletants, fatigués, soucieux, en entendant de loin les cris et les blasphèmes qui s'échappaient, comme une bouffée d'orage, du cabaret, qui, lui aussi, avait remplacé la placide auberge des anciens jours, elle se répéta ce mot qu'elle avait entendu dire jadis à son père : que la religion qui assure le bonheur des hommes dans une vie, travaille encore à leur félicité ici-bas.

Quel remède apporter à tant de maux? Cette question, qui revenait sans cesse à son esprit, ne pouvait être résolue que d'une seule manière : si le propriétaire de ces riches campagnes voulait donner l'exemple de la piété, de l'obéissance aux lois divines, et seconder les efforts de la religion renaissante, les paysans, les ouvriers, céderaient à l'ascendant venu d'en haut; la génération nouvelle renouerait les traditions anciennes, et le pauvre peuple, revenu à la foi de ses pères, reviendrait aussi à la paix et au bonheur. Le propriétaire, c'était M. Herblay, et plus qu'un autre il violait ouvertement les préceptes.... Comment pénétrer jusqu'à son cœur, comment obtenir d'un esprit orgueilleux qu'il rompît avec ses maîtres et avec les funestes enseignements de cinquante ans d'impiété et de dix années de délire révolutionnaire?

Tout en rêvant, Lucie était rentrée au château; en traversant une pièce, elle y trouva plusieurs ouvrières, activement occupées à bâtir une robe destinée à Alphonsine. Affligée jusqu'au fond de l'âme, elle alla trouver sa sœur, et lui dit doucement :

« Vous ignorez sans doute, ma bonne Alphonsine, que Mariette et plusieurs ouvrières du village travaillent en ce moment à une de vos robes, et c'est dimanche !

— Comment l'ignorerais-je, puisque j'ai commandé moi-même ce travail? répondit la jeune fille; j'ai besoin de ma robe pour aller à la fête du village, et je ne pense pas que ce soit un grand crime que de faire coudre une robe.

— La loi de Dieu est formelle, ma chère sœur, et nous nous exposons à faire de grandes fautes en excitant nos domestiques à désobéir à un commandement si précis. Aussi trouvez bon que je dise à Mariette de remettre cet ouvrage à demain.

— Pas du tout ! s'écria Alphonsine, je ne céderai pas à vos scupules ; j'ai besoin de ma robe et j'entends qu'on l'arrange.

— Vous avez tant d'autres robes !

— Je n'ai qu'une seule robe blanche brodée.

— Faites le sacrifice de cette fantaisie au bon Dieu.... mettez votre robe rose, ou la bleue, ou celle gris de lin.... elles sont jolies, vous n'êtes pas bien à plaindre. Consentez-vous, chère Alphonsine ?

— Assurément non ; vous vous plaisez à afficher un luxe de dévotion, mais je ne suis pas tentée de vous suivre dans cette voie.

— Oh ! ma chère Alphonsine, observer le dimanche n'est pas du luxe, ce n'est que le strict nécessaire.

— En voilà bien assez.

— Alphonsine, ma bonne sœur, ne me refusez pas ce plaisir !...

— Mais Lucie, ne pouvez-vous me laisser tranquille? Vos idées d'autrefois sont insupportables; bientôt vous parlerez de rétablir la dîme!

— Vous me la paierez à moi, et en bonne monnaie d'amitié, répondit Lucie en embrassant Alphonsine sans se laisser rebuter par l'humeur et la bouderie qu'exprimait son visage; et comme je veux que vous soyez belle à la fête de ce soir, je vous prie d'accepter ma robe de mousseline de l'Inde, que je n'ai pas mise encore; nous sommes de la même taille, elle vous ira bien.... je veux vous parer moi-même.... »

Ces paroles, dites avec une grâce indicible, désarmèrent Alphonsine, d'autant plus que la robe de Lucie était beaucoup plus belle que la sienne; elle se laissa embrasser, et murmura :

« Puisque vous l'exigez, je vais dire à Mariette de cesser son travail. Venez, allons-y ensemble. »

Mais ces scènes se renouvelaient souvent. Par une admirable matinée de juin, Lucie accompagnait son aïeule qui se promenait à pas lents dans le parterre émaillé de roses, de giroflées au parfum suave, de fières tulipes et d'œillets nuancés. A la vue de ces trésors printaniers, Mme de Dommartin manifesta une joie extrême ; peut-être de vagues souvenirs la reportaient-ils aux beaux jours de sa jeunesse, alors que ses enfants, moissonnés par l'échafaud, couraient autour d'elle dans ces allées riantes et fleuries.

« Cueille des fleurs, ma fille, dit-elle à Lucie, nous en ferons des bouquets et des guirlandes pour la chapelle. C'est bientôt la Fête Dieu ; je veux que notre reposoir soit beau entre tous..... »

Lucie voulut satisfaire cet innocent désir ; elle cueillit un énorme bouquet de roses, et le porta à sa grand'mère, qui s'était assise sur un banc.

« Ce n'est pas assez.... encore, ma fille.... coupe des grappes d'acacia.... nous les mettrons dans les vases de marbre, à côté du saint Sacrement. »

Lucie soupira ; car ces vases, apportés d'Italie par un de ses ancêtres, avaient été brisés dans le pillage du château. Cependant elle obéit, et vint déposer sur les genoux de Mme de Dommartin une gerbe rose et blanche.

« C'est bien, ma fille, ramène-moi dans ma chambre ; je vais arranger ces belles fleurs pour le bon Dieu qui nous les a données, et je garderai une rose pour la mettre sur la table de mon fils.... »

Elle s'éloigna souriante, et Lucie souriait aussi ; car il lui semblait que sa grand'mère était heureuse au milieu de ces rêves pieux et doux, qui lui rendaient sa jeunesse, sa famille, ses beaux jours, et lui faisaient oublier tant d'infortunes et tant de larmes.

Quand elle revint dans le parterre, elle y trouva Mme Herblay, qui vint vers elle, l'air mécontent et irrité. Elle l'apostropha d'un ton véhément :

« Je voudrais bien savoir qui s'est permis de cueillir les fleurs de mon parterre ? toutes mes roses ont disparu, et le jardinier m'assurait qu'il n'y en avait pas de plus belles à la Malmaison !

— O maman, c'est moi qui les ai cueillies pour faire plaisir à ma grand'mère, et remarquez que je n'ai pris que les roses épanouies, j'ai laissé tous les boutons.

— Ainsi, c'est pour contenter les sottes fantaisies d'une vieille femme en démence que vous me dépouillez ainsi, c'est trop fort ! et les grappes des acacias, les voilà fauchées aussi.... je voudrais bien savoir de quel droit !... »

Lucie rougit ; mais elle se contint , et avec une extrême douceur elle dit à sa belle-mère , en lui montrant un des acacias , dont le tronc portait deux lettres entrelacées et une date :

« Voyez , maman , cet arbre a été planté par ma grand'mère , elle y a gravé son chiffre et la date de la naissance de mon père.... ne lui refusez pas quelques fleurs de l'arbre qui lui rappelle des jours plus heureux.... Ces fleurs et ces souvenirs , c'est tout ce qui lui reste.... »

Mme Herblay baissa les yeux ; ce doux reproche pénétra jusqu'à son cœur, et elle répondit :

« Prenez des fleurs , Lucie , autant que Mme de Dommartin en désire , je ne voudrais pas vous contrarier. »

Elle n'en dit pas davantage , car il en coûtait à son amour - propre de s'humilier ; mais Lucie fut satisfaite ; elle demandait si peu aux autres ! Cette bonne impression ne dura guère ; et bientôt elle s'aperçut que l'on tâchait de détourner d'elle le cœur de son beau-père , qui lui avait toujours témoigné une bonne et franche amitié. Sa religion droite et éclairée était traitée de bigotterie ;

sa fidélité à la loi de Dieu, de scrupule ; son zèle si pur et si doux, d'intolérance ; les aumônes qu'elle faisait aux pauvres du village n'étaient que de l'ostentation ; ses idées généreuses et nobles, du gaspillage, et les aimables paroles même qu'elle adressait au vieillard, une basse flatterie. Ces insinuations, en tombant goutte à goutte dans l'oreille de M. Herblay, refroidirent son affection et le mirent en défiance, et Lucie s'aperçut que chacune de ses actions donnait lieu à des commentaires malveillants.

La première communion des enfants du village allait avoir lieu ; *première* communion, en effet, car, depuis bien des années, la touchante cérémonie qui imprime un sceau divin sur toute la vie n'avait pas été célébrée, et un grand nombre d'adolescents se mêlaient aux enfants de dix à douze ans que l'Eglise conviait au banquet des anges. Le vieux curé, épuisé par les infirmités de la vieillesse et les souffrances d'un long exil, avait beaucoup de peine à instruire ce troupeau aussi nombreux qu'ignorant, pauvres brebis sevrées depuis si longtemps du lait de la doctrine ; et Lucie, voyant son embarras et ses fatigues, s'offrit à réunir les jeunes filles à la tour de Dourier, et à les instruire des vérités de la religion. Son offre fut acceptée ; et non-seulement elle remplit auprès de ces enfants l'office de catéchiste, mais encore elle s'occupa à préparer aux plus indigentes des vêtements convenables pour le grand jour, et elle essaya de restaurer, d'une aiguille industrieuse, les ornements de l'église, réduits à la dernière vétusté. Cette bonne œuvre fut dénoncée à M. Herblay, et un jour il vint trouver Lucie dans son petit salon particulier ; elle cousait en ce moment une robe de petite fille, et la chasuble dont elle venait de réparer les broderies usées était posée avec soin sur une chaise.

« Bonjour, ma bru, dit-il brusquement ; je ne vous dérange pas ?

— Jamais, cher père.

— Peut-on savoir quel est ce bel ouvrage qui vous occupe si fort ?

— Oui, père ; c'est une robe pour la petite Suzette, la fille de la veuve Caron, qui fait sa première communion le jour de la Fête-Dieu.

— Et c'est vous qui cousez ses nippes?

— Oui, cher père; je désire que ces pauvres enfants soient décemment habillées pour s'approcher de la sainte Table; c'est un si beau jour!

— A propos, je voulais vous parler de cela. Vous vous mettez bien en avant, Lucie! vous faites le catéchisme ni plus ni moins qu'un curé, vous taillez des robes comme une couturière de village, vous vous occupez de la défroque des prêtres comme un sacristain; je vous préviens que cela ne me convient nullement. Que diantre! vous êtes dame de château, tenez votre rang, et ne faites ni la fanatique ni la charitable; vous n'avez besoin ni de la reconnaissance des curés ni de celle des va-nu-pieds. Quoique les temps soient sûrs aujourd'hui, je ne veux pas qu'on nous signale comme des ci-devants, vous m'entendez?...

— Cher père, permettez-moi de vous dire que vous vous méprenez sur mes intentions. Je ne veux pas me mettre en avant, Dieu m'en garde! Mais en voyant notre curé, un bon et respectable prêtre, un ami de mon pauvre père, accablé sous le

poids des années et des fatigues, j'ai cru pouvoir
m'offrir pour le soulager dans une partie de sa
tâche. J'ai expliqué quelques leçons de catéchisme
à ces petites filles, qui ont tant de peine à l'ap-
prendre. Je voulais que mes *élèves* me fissent hon-
neur, et en les voyant si déguenillées, l'envie m'est
venue de leur faire des chemises et des robes,
c'est une aumône comme une autre... J'ai vu aussi
que le vrai pauvre parmi nous, c'était le bon Dieu ;
j'ai essayé de raccommoder quelques - uns des
objets qui servent au culte. Qui donc pourrait se
trouver offensé de mon chétif petit travail ? D'ailleurs, cher père, je ne veux rien vous cacher :
avant d'entreprendre cette œuvre, j'en ai demandé
la permission à mon bon mari, et il me l'a accor-
dée... bien plus, il m'a chargée d'acheter un calice
d'argent et de l'offrir en son nom au curé. Jugez
si je l'ai fait avec bonheur ! »

Le vieillard ne disait rien, mais il trouvait que
cette manière d'agir rappelait les anciens seigneurs,
et quoiqu'il médît des ci-devants, cela ne lui déplaisait pas du tout. Lucie reprit d'un ton plus
ému :

« Ce travail, mon cher père, ces heures consa-
crées à des enfants ignorants. tout cela je l'offre au
bon Dieu pour la conservation d'Etienne, afin que
le Seigneur le garde au milieu des périls et des
hasards des batailles…. Oh ! il faut mettre Dieu
dans nos intérêts !… »

Ces paroles allèrent au cœur du vieux père, qui
chérissait si tendrement son fils ; il prit la main de
Lucie, la serra fortement, et lui dit à voix basse :

« Dieu doit vous écouter…. continuez Lucie, et
si vous aviez besoin d'argent pour vos pauvres ou
pour votre église, eh bien, dites-le-moi ! »

IV

La maladie.

Un certain calme régnait au Château-Neuf; mais Lucie s'aperçut bientôt que si l'attention de sa belle-mère se détournait d'elle, c'est qu'un autre objet l'absorbait tout entière. Le goût du monde et des plaisirs occupait la mère et la fille; elles recherchaient les fêtes du village, les séjours aux châteaux voisins, et faisaient parfois des excursions jusqu'à Abbeville, ou Saint-Pol, ou Doullens, où elles avaient de nombreuses relations. Lucie ne participait à aucune de ces parties de plaisir; la position de son mari, alors enfermé dans Gênes avec Masséna, lui imposait une vie retirée, d'accord avec ses goûts et ses sentiments. M. Herblay

n'approuvait pas l'enivrement de sa femme et de sa
fille, mais il subissait l'ascendant de leurs prières
et de leurs caresses. Cependant ses répugnances
devenaient plus fortes, car sa santé était minée par
les inquiétudes que lui causait le danger d'Etienne;
il aurait voulu retenir la famille entière autour de
lui , et il n'y réussissait pas : Alphonsine entraînait
sa mère, qui, à son tour, faisait fléchir la volonté
de son mari. Lucie voyait ces luttes domestiques
sans y prendre part ; un sentiment d'inquiétude
pour le même objet la rapprochait de son beau-
père ; et pendant que la mère et la fille couraient
de fête en fête, ils causaient ensemble de l'Italie,
et se livraient à ces longues conjectures tour à tour
rassurantes ou tristes que l'on forme sur le compte
des absents aimés.

Les nouvelles devenaient de plus en plus rares et
funestes. Lucie était triste et passait de longues
heures en prière ; M. Herblay était plus brusque
et plus soucieux que de coutume ; Mme Herblay
s'étourdissait, et Alphonsine ne pensait qu'à la fête
patronale de Doullens, où elle était invitée. Ses
préparatifs étaient faits. M. Herblay déclara à

diverses reprises que ce voyage lui déplaisait et qu'il y refusait son consentement ; mais Alphonsine pleura, et sa faible mère emporta, à grand renfort de prières et d'obsessions, une permission forcée, dont elles profitèrent aussitôt. Lucie resta seule au château avec son aïeule et son beau-père. Le vieillard était inquiet, il parlait peu, mais l'altération de ses traits attira plus d'une fois les regards de Lucie : elle l'interrogea ; il répondit qu'il se portait bien, mais que le temps orageux lui faisait mal. La journée se passa triste et lente. Vers le soir, un orage lointain grondait dans les cieux, l'air était étouffant : Mme de Dommartin venait de se coucher, M. Herblay était sorti pour aller visiter ses champs, Lucie travaillait sur le perron, lorsqu'un grand mouvement et des cris éloignés éveillèrent son attention. Elle se leva précipitamment, et vit dans l'avenue du château un groupe qui se dirigeait vers elle. Elle y courut, et aperçut avec effroi son beau-père soutenu ou plutôt porté par deux paysans. Une attaque d'apoplexie l'avait frappé au milieu des champs, et on le ramenait chez lui sans mouvement et sans connaissance.

Lucie agit avec promptitude et présence d'esprit.
Elle fit disposer un lit, envoya chercher le médecin, et essaya elle-même quelques secours qui
pouvaient arrêter les progrès du mal. Mais pendant
de longues heures, ces soins intelligents, aidés des
lumières de la science, demeurèrent infructueux.
M. Herblay restait livré à un état de torpeur presque
semblable à la mort. Lucie, à genoux auprès de
son lit, priait et pleurait; elle demandait à Dieu,
pour ce pauvre moribond, la vie du corps et la vie
de l'âme; elle s'adressait à la Mère de miséricorde,
afin d'obtenir pour lui qu'il pût guérir les plaies de
son âme avant de paraître devant le Juge souverain;
elle demandait avec angoisse quelques heures de
vie, quelques rayons de lumière, quelques parcelles
de ce temps et de ces grâces dont il avait abusé...

Toute la nuit se passa ainsi. Vers le matin, au
moment où l'aube dissipait par sa blanche lueur les
vapeurs violettes qui flottaient au ciel, Lucie crut
entendre un léger soupir; la tête du malade, ren-
versée en arrière, se dressa faiblement, ses yeux
atones reprirent leur regard, et il balbutia d'une
voix faible :

« Que m'est-il donc arrivé ?

— La chaleur vous a fait perdre connaissance, cher père, répondit Lucie, mais vous voilà mieux.... »

Il ne répondit pas, ses yeux se fermèrent, et un engourdissement profond s'empara de ses sens. Sa fille ne le quitta point, et la journée se passa dans des alternatives d'inquiétude et de calme. La connaissance et les moments lucides du malade étaient rares, et son cerveau semblait embarrassé de mille images confuses qu'il essayait de traduire par de vagues paroles. Il nommait souvent sa femme et sa fille, et quelquefois il appelait son fils d'une voix plaintive qui déchirait le cœur de Lucie et qui lui paraissait d'un triste présage. A la fin de la journée, il se calma ; et après une heure d'un sommeil paisible, il se réveilla l'œil assuré, la parole nette, et la pensée libre et ferme. Il tendit la main à Lucie, et lui demanda des nouvelles de sa femme et de sa fille.

Elle hésita à répondre : elle n'osait pas dire qu'elle avait envoyé un courrier à Doullens, et que celui-ci n'avait trouvé ni Mme Herblay ni Alphonsine ;

elles étaient parties pour un château des environs où l'on donnait une grande fête, et le nouveau messager, que Lucie leur avait expédié, n'était pas encore de retour. Le vieillard répondit lui-même à la question :

« Elles ne sont pas ici ; elles sont parties malgré moi ! et vous seule, Lucie, m'avez veillé, m'avez soigné durant ces heures ou ces jours que je viens de passer entre la vie et la mort.... Alphonsine se souviendra de sa désobéissance ! Envoyez sur-le-champ chercher le notaire, Lucie ; qu'il vienne avec deux témoins.... »

Elle comprit, au ton du vieillard, qu'il fallait obéir ; et dix minutes après, le notaire arrivait à Château-Neuf. M. Herblay lui serra la main, et lui dit d'une voix ferme :

« Mon cher ami, je veux faire mon testament... profitons du moment de santé et de connaissance qui m'est laissé.... mettez-vous là et écrivez... »

Le notaire suivit l'injonction, tira du papier timbré de son portefeuille, écrivit les premières formules, et attendit. M. Herblay, d'un ton assuré, lui dit ces mots :

« J'entends profiter du bénéfice de la loi, qui laisse à ma disposition un tiers de ma fortune : ce tiers, je le donne à ma belle-fille, Thérèse-Lucie de Dommartin, épouse de mon fils, Etienne Herblay, en témoignage d'affection et de reconnaissance pour son respect et ses soins. Ecrivez, mon cher ami.... »

Il n'avait pas achevé ces paroles, que Lucie, qui ne s'était pas éloignée dans la crainte qu'il n'eût besoin d'elle, s'élança vers son lit, et lui dit avec énergie :

« Jamais, mon père, jamais je n'accepterai une disposition qui enlève à ma sœur une portion de son héritage! rétractez, je vous en conjure, vos paroles; ne faites pas de testament, d'autant plus que nous espérons vous conserver longtemps parmi nous, et permettez que je refuse de la manière la plus positive un don que je n'ai pas mérité.

— Je suis maître de mon bien, et je veux

vous avantager, car vous vous êtes montrée ma vraie fille, affectionnée et soumise.

— Si j'ai pu vous contenter, mon père, je vous demande votre amitié, rien de plus.

— Vous l'avez tout entière, et vous aurez le tiers de mes biens, je le veux ainsi. Alphonsine sera punie.

— Elle ne mérite pas de l'être, mon père, et votre mécontentement la rendrait plus malheureuse que la privation de vos biens.

— Vous la jugez d'après vous, ma pauvre Lucie..... Ecrivez, écrivez, mon ami..... Biens meubles et immeubles, entendez-vous?

— Mon père, reprit Lucie en serrant avec force la main de M. Herblay, si vous faites ce testament, je ne l'accepterai pas, je rendrai à Alphonsine la part que vous voudriez lui ôter, et mon mari ne me désapprouvera pas; je ne conserverai rien que le souvenir de votre attachement : je le jure devant Dieu ! »

Elle dit ces derniers mots avec tant de force, que le notaire, convaincu, laissa tomber sa plume. M. Herblay, attendri, étendit ses bras débiles vers sa fille, et lui dit à voix basse, en la pressant sur son cœur :

« Et que puis-je faire pour vous, mon enfant? je voudrais vous récompenser....

— Accordez-moi le salut de votre âme! » dit-elle en inclinant la tête sur la poitrine du vieillard. Il la comprit, serra sa main, et dit au notaire :

« Puisque ma belle-fille ne le veut pas, je suis obligé de me rendre à sa volonté; mais convenez, mon ami, qu'elle méritait cela et bien davantage. »

Le notaire exprima son assentiment et salua Lucie avec respect. Le père et la fille restèrent seuls. M. Herblay lui fit signe de s'approcher; elle se mit à genoux auprès du lit, prit sa main; et il lui dit d'une voix plus faible et avec des larmes aux yeux :

« Vous m'avez gagné, ma fille; la religion qui vous rend si bonne et si droite agit aussi sur mon cœur. Je ne me crois pas en danger maintenant; mais demain vous m'amènerez votre vieux curé, et je réglerai avec lui les affaires de ma conscience. Etes-vous contente, Lucie?

— Comment ne le serais-je pas? s'écria-t-elle en lui serrant la main.

— Désirez-vous encore quelque chose?

— Le pardon entier d'Alphonsine, qui n'a agi que par enfantillage et par légèreté.

— Vous le voulez? je la recevrai bien, je vous le promets; mais vous serez toujours ma fille bien-aimée, la femme de mon pauvre fils, d'ailleurs !

— Nous sommes tous les trois vos enfants aimés, mon père, sans distinction et sans préférence; nous ne lutterons, entre nous, qu'à qui vous aimera le mieux. »

Il lui sourit avec affection, et reprit :

« Hier vous priiez auprès de moi.... je m'en suis aperçu, quoique je fusse bien absorbé par le mal et la fièvre... Priez encore, Lucie, dites la prière du soir... il y a si longtemps que je ne l'ai entendue ! »

Joyeuse, elle obéit, et pendant que sa douce voix prononçait les derniers versets de la prière, le malade s'assoupit paisiblement. La nuit fut tranquille, et dans la matinée du jour suivant,

Mme Herblay et sa fille, qu'un accident avait re-
tardées, arrivèrent enfin. Elles étaient inquiètes de
la situation du malade, et un peu effrayées à la
pensée de paraître devant lui. Lucie les reçut avec
tendresse, les rassura doucement, et les conduisit
auprès de M. Herblay, qui, se souvenant de ses
promesses, accueillit sa femme avec amitié et sa
fille avec indulgence. Mais le changement que deux
jours de maladie avait produit en lui les consterna,
et la douceur de son accueil les toucha jusqu'au fond
du cœur. Elles sortirent de là attendries, et dans
cette disposition d'âme qui rend plus accessible aux
sentiments doux et affectueux.

Les domestiques et le médecin leur racontèrent
les soins que Lucie avait prodigués au malade ; et le
notaire, ami de la maison, ne put s'empêcher de
faire à Alphonsine le récit de ce qui s'était passé, et
de faire valoir à ses yeux le désintéressement et la
bonté de sa belle-sœur. La jeune fille était vaine
et légère, mais elle avait un cœur, et ce cœur s'é-
mut de crainte à la pensée du courroux paternel,
et de gratitude pour les sentiments généreux de
Lucie. Elle pleura de regret ; et sous l'impression

de ce sentiment bon et sincère , elle courut chercher Lucie , se jéta dans ses bras , et lui dit avec
des larmes :

« Pardonne-moi , je ne te connaissais pas ! oh !
Lucie , veux-tu être ma sœur , ma bonne sœur
aînée ? va , je te le promets , tu n'auras plus à te
plaindre de moi ! »

Lucie répondit chaleureusement à cet élan affectueux ; elle embrassa mille fois sa sœur , l'assura de
son pardon et de son amitié , et elle sentit qu'elle
venait de conquérir un cœur qui désormais lui ap-
partiendrait sincèrement.

Pendant ce temps , M. Herblay s'entretenait
confidemment avec le vieux et bon curé , et peu
à peu , il voyait tomber devant des raisonnements
simples et judicieux , les idées fausses et les pré-
jugés vulgaires dont le dix-huitième siècle avait
nourri son esprit. Il écouta sans prévention , et
dans son esprit , dégagé des langes de l'erreur ,
la lumière céleste pénétra enfin. Il comprit , il
crut , il aima , et aux premiers jours de sa conva-
lescence , le jour de la belle fête de l'Assomption ,
on vit , dans l'antique église qui commençait à se

relever de ses ruines, un vieillard s'avancer vers la Table sainte, et recevoir, des mains du prêtre, sur ses lèvres tremblantes d'émotion, la sainte Victime du salut. Deux femmes étaient à ses côtés, émues et joyeuses, l'une Alphonsine, sa fille, l'autre Lucie, son enfant d'adoption et sa mère en Jésus-Christ.

V

Une autre conquête.

La vie avait repris au Château-Neuf son cours
ordinaire, où les courriers d'Italie jetaient seuls
quelques vives émotions. M. Herblay, assez bien
rétabli de sa grave maladie, visitait ses champs
et s'occupait de ses arbres et de ses fleurs; Lucie
soignait sa grand'mère et ses pauvres; Alphonsine, devenue sédentaire et tranquille, aidait sa
sœur dans ses occupations, travaillait avec elle et
la suivait dans ses courses charitables; Mme Herblay
paraissait seule plus triste et plus absorbée qu'autrefois, et si elle restait insensible aux prévenances
et à la gracieuse amabilité de Lucie, elle ne cher-
chait pas non plus à la contrarier ni à exercer sur

elle l'esprit de critique et de taquinerie qui jadis lui était si familier.

Un matin, Alphonsine dit à sa sœur :

« Papa et maman ne sont pas dans leur assiette ordinaire ; maman surtout a quelque chose qui la trouble.... Je l'ai vue pleurer tantôt....

— Cependant les nouvelles d'Italie sont rassurantes. Quel chagrin aurait-elle ?

— Je n'en sais rien, mais je devine. Ma mère a été bien heureuse au sein de sa famille ; elle et mon père s'aiment tendrement ; mon frère et moi nous ne lui avons pas fait beaucoup de peine, et elle a le bonheur de vous avoir pour belle-fille....

— Je ne sais si c'est un bonheur, mais je sais que je ressens pour notre mère un véritable attachement dont je voudrais lui donner des preuves.

— Chère Lucie, vous ne pourriez rien à la peine qui l'agite.

— Mais qu'est-ce enfin ?

— Maman avait une sœur qu'elle aimait extrêmement et qui est morte en lui léguant son fils. Mon père et maman se sont occupés de leur neveu comme ils se sont occupés de nous. Maxime étudiait avec mon frère, et je me souviens encore des belles parties de jeu que nous faisions à nous trois. Il serait devenu un bon sujet, s'il n'avait pas subi d'autre autorité que celle de papa, qui est si bon ; mais son propre père vivait et n'était pas d'un bon exemple pour son fils. Bref, quand la révolution éclata, mon oncle devint d'abord un fougueux orateur de club, puis un ardent terroriste. Papa aimait les idées de la révolution, mais il détestait les crimes qu'elle a enfantés, et dès le début, il rompit toutes relations avec son beau-frère et son neveu. Ma mère regrettait toujours son cher Maxime, l'enfant qu'elle avait élevé ; mais mon père demeura inflexible ; il ne voulut pas les voir au temps de leur prospérité, et quand le malheur les eut accablés, il les laissa sous le poids du châtiment. Je les crois très-malheureux, et c'est là, sans nul doute, le sujet des larmes de maman. »

Lucie soupira ; l'image d'une douleur qu'elle ne pouvait consoler lui faisait mal et oppressait son cœur ; et instinctivement, en quelque sorte, elle se mit à la recherche de sa belle-mère. Elle la trouva au fond du jardin, son ouvrage sur ses genoux, pensive et les yeux rouges.

« C'est vous, Lucie? dit-elle.

— Oui, maman, c'est moi, je vous cherchais.

— On a besoin de moi? j'y vais.

— Non, maman, c'est moi qui avais besoin de vous voir.... »

Elle prit la main de sa belle-mère, qui parut un peu émue de ce mouvement affectueux.

« Vous me cherchiez? vous avez quelque chose à me dire?

— Rien de positif; mais depuis quelques jours vous me semblez un peu triste, et j'aurais voulu m'affliger avec vous. »

A ces mots qui touchaient à la blessure secrète cachée dans le cœur de Mme d'Herblay, elle changea de visage et tourna vers Lucie ses yeux adoucis et mouillés.

« Mon enfant, s'écria-t-elle, vous êtes vraiment bonne! Quoi! vous me cherchiez pour me consoler... ah! vous me faites du bien! »

Elle garda un instant le silence et reprit d'une voix plus basse :

« J'ai des chagrins, en effet, et de bien vifs. J'ai élevé avec mes enfants, j'ai aimé autant que mes enfants, un neveu, nommé Maxime, fils unique de ma sœur... Je ne puis vous dire, Lucie, combien cet enfant m'est cher.... et je le sais si profondément malheureux sans que je puisse le secourir ni lui donner une marque d'intérêt et de sympathie.... Cette idée me brise le cœur.... Vous connaissez mon mari? il est bon et juste, mais sévère; il hait les crimes et les excès de la révolution, et il ne peut pardonner à mon neveu d'être le fils d'un terroriste et de porter un nom voué à la haine publique....

— Il faut pardonner cependant, dit la douce voix de Lucie, et tant de justes dont le sang a coulé sur les échafauds, tant de saintes et pures victimes n'ont-elles pas pris leur vol vers le ciel en pardonnant à leurs bourreaux?...

— Dieu même les venge! répondit Mme Herblay. Mon malheureux beau-frère, après s'être gorgé d'or et de sang, est tombé dans la plus déplorable misère, il y a entraîné son fils; accablés de dettes, poursuivis par leurs créanciers, ils

viennent d'être écroués à la prison d'Arras ; et j'ai
appris que mon pauvre neveu succombe sous le
poids d'une maladie de langueur. Sans cesse je
pense à lui : je le vois sous ces voûtes noires et
humides où son père a fait gémir tant d'innocents :
je me le représente malade, exténué, privé de
tout, et je me dis que cette déplorable image de
misère et de souffrance, c'est Maxime, mon petit
Maxime que j'ai bercé entre mes bras, qui jouait
sur mes genoux, qui m'appelait sa mère et que
j'appelais mon enfant. Et je ne puis rien pour
lui !... Cela me navre, je n'ai plus goût à rien...
Oh ! Lucie, je souffre bien !

— Et faudrait-il une grande somme pour rendre
votre beau-frère et votre neveu à la liberté ?

— Non, pas très-grande ; mais telle qu'elle est,
je ne la possède pas, et d'ailleurs je n'oserais pas
en disposer sans l'aveu de mon mari.

— Mais enfin ?

— Une centaine de louis suffirait, et au delà !

— Quel bonheur ! s'écria Lucie avec transport :
je les ai et je puis les mettre à votre disposition.
La bourse que j'ai trouvée dans ma corbeille de

mariage est intacte ; elle renferme cent cinquante
louis qui sont à moi, bien à moi ; je ne puis pas
en faire un meilleur usage. Chère maman, daignez
les accepter, accordez-moi la joie de vous offrir
cette petite consolation. »

Mme Herblay avait écouté avec surprise ; mais
à mesure que Lucie parlait, une émotion extraor-
dinaire s'emparait d'elle. Elle pâlit, des larmes
montèrent à ses yeux, et des sanglots étouffants soulevèrent sa poitrine. Elle ne pouvait parler. Enfin,
prenant une des mains de sa belle-fille, elle lui dit
avec un attendrissement mêlé de respect :

« Généreuse Lucie, savez-vous pour qui vous
m'offrez ces secours ? Savez-vous que ce frère, mis
au ban de sa famille, voué au mépris des honnêtes
gens, savez-vous qu'il fut l'accusateur public qui
agissait sous les ordres de l'infâme Lebon ? savez-
vous son nom ? il se nommait L.....

— Le juge et le bourreau de ma mère !... celui
qui l'a traînée à l'échafaud !... dit Lucie d'une voix
faible ; est-ce possible ?

— Ma fille, je ne puis pas vous cacher la

vérité ; il serait indigne d'abuser du généreux élan de votre âme.

— Mes paroles, ma mère, je ne les rétracte pas, et ce que je vous ai offert, je l'offre encore. Acceptez, je vous en conjure, cette petite somme ; faites sortir L..... de prison, et, avec le surplus, tâchez d'améliorer la position de votre neveu. Oh ! je désire de grand cœur sa guérison.... et la conversion de son père ! Vous acceptez, n'est-ce pas, maman ?

— Mon enfant, je ne puis pas vous ôter le mérite d'un acte aussi généreux : j'accepte, et je recommande ce malheureux égaré à vos prières.... Ah ! Lucie, je n'oublierai jamais ce que vous avez fait pour moi, et je vois bien que la religion seule peut inspirer tant de bonté et de miséricorde.... Mon cœur est à vous, chère fille....

— Ah ! maman, je le prends, mais pour le donner au bon Dieu, n'est-ce pas ? »

Mme Herblay sourit à travers ses larmes, et dit en embrassant Lucie :

« Je me laisserai conduire par toi. »

Le soir même, le bon notaire, muni du petit

trésor de Lucie, partit pour Arras, afin d'arranger
les affaires de L..... et de pourvoir aux plus
pressants besoins du jeune malade. Mais Lucie ne
s'en tint pas à ce don et à ces premières démarches;
elle usa du pouvoir qu'elle possédait sur le cœur
de son beau-père, et peu à peu elle lui avoua ce
qu'elle venait de faire, et elle le fit consentir à recevoir le jeune Maxime, mourant, dans une ferme
isolée, située non loin du Château-Neuf. Mme
Herblay put voir et consoler son neveu, qui n'avait
plus que quelques jours à vivre; elle put l'entourer de ces soins maternels qu'elle lui avait si
longtemps prodigués; dans l'élan de la reconnaissance, elle lui parla beaucoup de Lucie, et le
pauvre malade souhaita la voir. Lucie y consentit;
elle alla vers le mourant avec de douces paroles
et des soins affectueux; mais bientôt elle ne vint
plus seule. Le vieux curé l'accompagna, et un
jour, les paysans virent, dans les sentiers agrestes
qui menaient du Château-Neuf à la ferme, le
vieux prêtre qui portait le saint Viatique, et Lucie
qui suivait en priant avec ferveur, en priant pour
le fils de celui qui l'avait rendue orpheline.

Maxime ne survécut pas longtemps à la touchante cérémonie. Sa tante reçut ses derniers soupirs, et Lucie allait l'emmener loin de ce lit où reposait, dans la pâleur de la mort, le pauvre jeune homme pour lequel elle avait tant prié, lorsqu'une porte voisine s'ouvrit, et un homme défait, accablé de douleur, le regard humilié, entra dans la chambre, jeta un coup d'œil désolé sur le lit mortuaire et s'approcha des deux femmes. Mme Herblay recula avec effroi et s'écria :

« L....., vous ici !

— Je l'ai veillé durant la dernière nuit ! » répondit le malheureux père à voix basse. Puis, se tournant vers Lucie, il dit, sans oser la regarder :

« Je vous ai fait bien du mal, et vous m'avez fait tant de bien ! Au nom du ciel, si vous voulez que j'ose espérer en Dieu, pardonnez-moi !

— Au nom de ma mère, je vous pardonne ! répondit la jeune femme, croyez et espérez ! »

Elles s'éloignèrent toutes deux, sans oser jeter les yeux sur le coupable, qui, brisé de douleur et inondé d'un salutaire repentir, pleurait auprès des restes glacés de son enfant.

VI

Nouvelles d'Italie.

Depuis plusieurs semaines, la jeune femme n'avait pas reçu de nouvelles d'Italie, et elle s'en alarmait ; ses lettres fréquentes étaient demeurées sans réponse, lorsqu'on vint lui apporter une lettre sur laquelle elle ne reconnut pas la main de son mari. Elle l'ouvrit avec émotion ; une écriture informe s'offrit à ses regards, et elle lut :

« Madame ,

» Mon pauvre maître est bien dangereusement malade d'une fièvre maligne ; je n'ose l'écrire à ses parents, mais pourtant il faut bien que l'on sache la vérité. Je m'adresse à vous, madame, pour vous prévenir, et je suis, avec une grande inquiétude,

> » Votre très-humble serviteur,
> » P. LAMBERT.

» *P. S.* Nous sommes à Venise, quai des Esclavons. Le régiment est parti, et les médecins l'ont suivi : nous sommes seuls parmi des Italiens. »

Lambert était le domestique d'Etienne, domestique fidèle et affectionné, et dont la lettre méritait confiance. Lucie la lut avec douleur; sa compassion s'émut ; elle pensa à son mari, dénué de secours et de soins intelligents, abandonné dans un pays ennemi aux soins d'un pauvre domestique ; et cette image se présenta à ses yeux avec des couleurs si vives qu'aussitôt elle forma dans son âme une résolution énergique.

« Pauvre Etienne, se dit-elle, qui doit te secourir, si ce n'est moi ! C'est mon devoir, rien ne me coûtera pour le remplir. »

Elle alla trouver M. Herblay, qui était dans le salon avec sa femme, et goutte à goutte, avec les plus délicats ménagements, elle leur annonça la triste nouvelle.

« Mon pauvre fils ! que faire ? s'écrièrent les deux vieillards, qui ne se sentaient plus la force d'aller au secours de leur enfant.

— Que faire ? répondit Lucie ; je vais partir sur-le-champ pour l'Italie ; j'emmènerai, si vous le permettez, mon père, Bertrand, votre bon et intelligent domestique ; je voyagerai nuit et jour, j'irai rejoindre mon mari, le soigner, et je le ramènerai ici.

— Vous feriez cela ? dirent-ils tous deux. Oh ! ma chère fille, quel trésor nous avons en vous ! »
Et ils la pressèrent dans leurs bras.

« C'est mon devoir, dit-elle, et un devoir que je chéris. Je laisse ma grand'mère à vos bons soins, et surtout à ceux d'Alphonsine, de ma sœur, qui me remplacera très-bien, et bientôt nous serons tous réunis !

— Plaise à Dieu ! » dirent-ils.

Deux heures après, la jeune femme montait en voiture ; ses pleurs coulèrent alors, en entendant les dernières bénédictions des parents d'Etienne, en pensant à son aïeul qui avait reçu ses adieux en souriant et sans savoir que sa fille partait , et en quittant ces lieux où elle se sentait aimée , pour rejoindre un époux qu'elle connaissait à peine. Mais le devoir parlait bien haut dans son cœur. Elle traversa Paris , gagna Genève , et se remit en route au bout de quelques heures , car on lui avait fait craindre que la chute des neiges ne lui fermât la route des Alpes. Elle interrogeait avec inquiétude la direction des nuages, craignant de voir les blancs monceaux de neige combler ces passages qu'elle espérait bientôt franchir.

Arrivée au pied du Simplon , elle dut quitter sa voiture , et monter un mulet dont le pas sûr suivait lentement le sentier escarpé qui menait au sommet de la montagne et qui redescendait par une pente rapide vers les plaines de la Lombardie. Elle traversa la sombre vallée de Gondo , au fond de laquelle gronde un torrent impétueux ; elle atteignit Dovedro , premier village où les vignes suspendues en guirlandes annoncent l'Italie. Elle arriva à Domo d'Ossola , et prit de là une voiture qui devait la conduire à Milan , et de Milan à Venise.

Elle entra dans la ville des doges avec un profond sentiment d'inquiétude et de tristesse. Sa gondole la débarqua quai des Esclavons, et se servant de la langue italienne, qu'elle avait apprise dans son enfance, elle trouva bientôt le logement de son mari. Elle entra dans la maison, toute palpitante de crainte. On la conduisit dans une antichambre où un soldat français, courbé près de l'âtre, paraissait préparer quelques boissons. A l'aspect de Lucie, il poussa une exclamation, et lorsqu'il eut appris qu'elle était la femme de son chef, il soupira, et dit :

« Vous venez à temps, madame, il a grand besoin d'être soigné. »

Ces mots si tristes rassurèrent cependant la pauvre femme : elle avait tant craint de ne pas *venir à temps !* Lambert arriva, et se mit à pleurer de joie en voyant sa maîtresse ; il introduisit Lucie sans délai dans la chambre du malade ; car Etienne, en proie au délire de la fièvre, privé de connaissance, n'avait pas à redouter une trop vive émotion. Mais cette émotion, Lucie la ressentit tout entière, en trouvant aux portes du tombeau cet époux qu'elle chérissait sans presque le connaître et auquel son cœur était si dévoué. Le plus grand désordre régnait autour de lui : un œil ami, une main intelligente n'avaient pas passé par là, et malgré les fatigues du voyage, Lucie ne put résister au désir d'établir la propreté et le soin autour de son malade. La plus tendre pitié remplissait son âme, elle y sentait aussi une douce confiance envers Dieu, et elle se disait en tournant ses yeux vers ce pâle visage :

« Nous le sauverons ! Dieu me donnera la joie de le ramener à ses parents. »

Il luttait entre la vie et la mort. Le médecin ne cacha point à Lucie que la fièvre dont il était accablé se trouvait d'une espèce pernicieuse, et, témoignant même un affectueux intérêt à la jeune femme, il lui conseilla de ne point s'enfermer dans une chambre infectée où elle risquait sa vie. Mais l'âme de Lucie était peu accessible à de semblables conseils. Timide dans la vie ordinaire, toujours disposée à s'effacer, à se faire oublier, inclinant sans cesse vers la volonté des autres dans les accidents journaliers, elle devenait intrépide en présence du devoir, et aucune considération n'aurait pu la faire reculer. Elle n'avait pas seulement l'attrait de la bonté, elle en avait aussi toute l'énergie, et elle rappelait à la mémoire cette belle parole de Fénelon : « Il n'y a que les grands cœurs qui savent combien il y a de gloire à être bon. »

Devant le lit d'agonie de son mari, la bonté, la piété toute-puissante et un devoir sacré parlaient à la fois à son cœur. Elle ne le quitta point; son âme tout entière habitait cette chambre sombre où le jour pénétrait à peine, errait autour de ce lit où un être souffrant et cher réclamait ses soins et les recevait plus volontiers de sa main, quoique le délire de la fièvre l'empêchât de la reconnaître. Rien ne lui coûta; seule elle le veillait, ne goûtant que quelques rares moments de repos, durant le jour, à deux pas du lit de son malade; seule elle faisait exécuter les ordonnances du médecin, attentive, vigilante, épiant les phases de la maladie avec l'intelligence du cœur, combattant pas à pas les progrès du mal, et ne se laissant décourager ni par la durée du péril, ni par les crises continuelles de la maladie, ni par la crainte de la contagion.

Elle espéra toujours : alors même que la science désespérait, elle espéra ; car elle priait toujours, et elle semblait puiser, dans ses élans vers le ciel, la force surhumaine qui la soutenait parmi tant de fatigues et d'inquiétudes. Enfin, elle vit, après une crise redoutable, le malade tomber dans un paisible sommeil ; elle-même s'assoupit à moitié, et entendit, comme dans un rêve, la voix d'Etienne qui soupirait ces mots :

« Je suis mieux.... je suis bien.... je ne mourrai donc pas ici ! je vivrai et je reverrai la France ! »

A ces derniers mots, qui paraissaient embrasser tout ce qu'il y avait de plus doux dans les affections du jeune homme, le cœur de Lucie fut saisi d'attendrissement : elle pensa aussi à la France, et des sanglots soulevèrent son sein :

« Qui pleure là ? dit la voix faible du malade. Qui donc m'a soigné?.... Si ma femme n'était pas si loin, j'aurais cru que c'était elle que j'avais vue autour de mon lit.... Bah ! vision de fièvre....

— Non, dit le médecin qui était entré, non pas une vision, mais une réalité. Venez, madame, venez montrer à votre cher mari qu'il ne rêve plus, qu'il n'a plus le délire : il revient à la vie pour être heureux. »

Lucie, tremblante, s'avança, et son mari, en étendant les bras vers elle, crut voir un ange sauveur que le Ciel lui-même lui avait envoyé.

De tels moments nouent à jamais des liens entre deux âmes ; et le cœur d'Etienne, que jusqu'alors la gloire seule avait fait battre, fut acquis à Lucie et pour toujours.

Heureuse épouse, elle le ramena en France ; elle le vit entre les bras de ses parents qui la bénissaient : elle revit son aïeule, qui retrouva pour elle un sourire ; elle se sentit pressée sur le cœur d'Alphonsine, sa meilleure amie, et elle bénit Dieu qui lui avait ménagé sur la terre une si douce récompense.

Plus tard, lorsqu'un étranger voyait cette jeune femme devenue l'âme de la maison ; confidente, amie, conseil de son époux, soleil de joie de ses vieux parents', consolation des pauvres, aimée et bénie de tous, et qu'il demandait comment elle avait fait pour vivre en paix avec tant de caractères différents, pour tirer un aussi bon parti d'une position difficile, le vieux curé répondait d'ordinaire :

« Elle a trouvé la *Clef des cœurs*, elle règne sur eux par l'amour, le dévouement et la bonté ! »

FIN

TABLE

— Lille, Typ. L. Lefort, 1860. —

www.ingramcontent.com/pod-product-compliance
Lightning Source LLC
LaVergne TN
LVHW022313170726
843503LV00006B/2466